Nunzio Preziosa

La Locomotiva

Giovanni Falcone e Paolo Borsellino

Una Fiaba

Titolo | La Locomotiva Giovanni e Paolo una Fiaba
Autore | Nunzio Preziosa
ISBN | 978-88-27864-22-7

Youcanprint Self-Publishing
Via Marco Biagi 6 - 73100 Lecce
www.youcanprint.it
info@youcanprint.it

"Non riesco a ricordare il momento esatto in cui tutto è
cominciato.
Nel corso di un periodo di sommovimenti politici e sociali
insorse la strana, opprimente e pervasiva sensazione di un
abominevole pericolo fisico, un pericolo da cui nessun luogo era
al riparo e che tutto minacciava.
Ricordo le persone camminare pallide e preoccupate,
mormorando avvertimenti e profezie che nessuno osava ripetere
consapevolmente e neppure confessare di avere udito."[1]

---

1 Howard Phillips Lovercarft (1890 – 1937)

Nota dell'Autore
La Locomotiva una fiaba

Le fiabe narrano storie con un lieto fine:

Cenerentola trova il suo principe, Cappuccetto rosso si è "liberata" del lupo e Biancaneve ha trovato sette piccoli amici.

Le fiabe raccontano di maghi, di draghi, di fate, di magia e personaggi fantastici.

Le fiabe non raccontano ai bambini che i draghi esistono. I bambini sanno già che i draghi esistono. Le fiabe raccontano ai bambini che i draghi si possono sconfiggere[2] e l'amore è un ingrediente necessario.

Le favole ai bambini si raccontano con meraviglia, guardandoli a uno a uno durante le pause significa: "Ci credo, come Voi."

La locomotiva è l'espressione della potenza sotto il controllo dell'uomo. E' vedendo una locomotiva in corsa che chiunque si può entusiasmare, è seguendo una locomotiva in testa al suo treno che si può sognare.

Non è un libro di memorie, ma un tentativo di trasmettere alle generazioni più giovani il ricordo di due uomini.

La dimensione della fiaba avvicina il piccolo ascoltatore e solleva l'emozione di chi narra.

La Locomotiva è un invito, un'esortazione agli adulti a discorrere di un'amicizia che diventa storia collettiva, una pagina del nostro tempo che non può essere dimenticata.

Della mafia non sapevo molto. Conoscevo ciò che è venuto fuori negli anni attraverso libri e giornali.

---

2 Gilbert Keith Chesterton (1874 – 1936)

Ho condiviso l'emozione e lo sdegno collettivo, dopo le stragi di Capaci, via D'Amelio e quelle fuori dalla Sicilia.

Ho letto:

"Sventurato quel popolo che ha bisogno di eroi." [3]
Eroi; uomini e donne, Giovanni e Paolo che con le proprie virtù, in un contesto di: diffusa e prevalente corruzione, servilismo, illegalità, finiscono per mostrare e misurare l'estensione dell'immoralità.
E poi:

"Speriamo che cambi il vento, che venga il libeccio, e che si porti via quest'afa."[4]
Queste parole e le ho fatte mie e l'idea che ha preso forma è diventata Fiaba.

Le favole ai bambini si raccontano con meraviglia, guardandoli negli occhi a uno a uno durante le pause.
Significa: "Ci credo, come voi".

Nunzio Preziosa

---

3 Bertold Brecht (1898 – 1956).
4 Salvatore Borsellino.

INTRODUZIONE
Chiedi chi erano Falcone e Borsellino

Hai sentito parlare di Giovanni Falcone[5] e Paolo Borsellino[6], due giudici dello Stato italiano morti per cercare di sconfiggere quel male oscuro chiamato mafia?

Giovanni e Paolo erano nati a Palermo, di loro si racconta che quando erano ancora adolescenti giocavano insieme a calcio per strada a Palermo e che fra i loro compagni di gioco c'erano anche alcuni ragazzi che in futuro sarebbero diventati uomini di "Cosa Nostra"[7]. Diventati magistrati, si erano trovati a lavorare insieme in una squadra (pool) di giudici[8] impegnati a combattere la mafia.

Giovanni era un giudice particolarmente consapevole del modo in cui bisogna operare nel mondo giudiziario per ottenere i migliori risultati.

Paolo era un uomo che aveva un grande acume investigativo profondo e attento ai particolari.

Dopo la minaccia di un attentato, i due magistrati e i loro familiari furono costretti a continuare il loro lavoro chiusi… in un carcere sull'isola dell'Asinara, per essere più al sicuro! Il pool riuscì a far processare 475 pericolosi criminali durante il

---

5 Palermo, 18 maggio 1939 – Palermo, 23 maggio 1992.

6 Palermo, 19 gennaio 1940 – Palermo, 19 luglio 1992.

7 Cosa nostra, nel linguaggio comune genericamente detta mafia siciliana o semplicemente mafia.

8 Giovanni Falcone, Paolo Borsellino, Giuseppe Di Lello, Leonardo Guarnotta.

cosiddetto Maxiprocesso[9], il più grande processo penale mai celebrato al mondo. 475 pericolosi criminali allineati sul banco degli imputati come dei delinquenti qualsiasi.

Nella storia secolare della mafia non era mai accaduto che tanti suoi uomini d'onore finissero in carcere e il regno del terrore vacillasse fin dalle fondamenta.

Salvatore Riina[10], capo di Cosa Nostra, detto la belva per la sua ferocia sanguinaria, condannò a morte i due magistrati:

Il 23 maggio 1992, alle ore 17:58 un boato squarcia l'aria esplodono cinquecento chilogrammi di miscela esplosiva, nei pressi di Capaci, su un tratto dell'autostrada A29 in direzione di Palermo, mentre vi transitava sopra il corteo della scorta con a bordo Giovanni Falcone.

Persero la vita il giudice, sua moglie[11] e tre agenti della scorta[12].

Il 19 luglio 1992, alle ore 16:58, una Fiat 126 imbottita con circa cento chilogrammi di tritolo, comandata a distanza, esplose a Palermo in via D'Amelio 21, dove viveva la madre di Paolo Borsellino, proprio nel momento in cui il giudice stava andando a farle visita.

Morirono il giudice e i cinque agenti della scorta[13].

---

9 Maxiprocesso: dal 10 febbraio 1986 (giorno di inizio del processo di primo grado) al 30 gennaio 1992 (giorno della sentenza finale del terzo grado di giudizio della Corte di Cassazione).

10 Corleone, 16 novembre 1930 – Parma, 17 novembre 2017. Catturato dall'Arma dei Carabinieri il 15 gennaio del 1993.

11 Francesca Morvillo.

12 Vito Schifani, Rocco Dicillo e Antonio Montinaro.

Giovanni Falcone
12 febbraio 1991, la profezia.

Giovanni Falcone: «[…] è una situazione […] parecchio pericolosa […] per chi si impegna per chi ha come compito istituzionale di contrastare questi fenomeni […] perché c'è qualcosa in questi ultimi tempi che non mi convince affatto e temo che purtroppo si verificheranno fatti gravi fra poco.»

«[…] perché dice questo, questo che sta dicendo ora è molto grave […].»

Giovanni Falcone: «[…] e abbiamo tanti segnali ci fanno temere che possano accadere delle cose spiacevoli nel prossimo futuro.»

******

Paolo Borsellino
Il Testamento[14]

Agnese: «Mi diceva sempre — Io faccio una corsa contro il tempo — Dopo la morte di Giovanni, che Lui riteneva che fosse uno scudo, ha detto — Adesso tocca a me, Io nella vita sono stato sempre il secondo e sarò secondo anche nella morte.»

«Questo glielo disse quando?»

Agnese: «Dopo l'attentato di Capaci.»

---

13 Emanuela Loi, Agostino Catalano, Vincenzo Li Muli, Walter Eddie Cosina e Claudio Traina. L'unico sopravvissuto fu l'agente Antonino Vullo.
14 Agnese Piraino, vedova Borsellino — Speciale Tg1 — 16-07-2012.

Quando Michele aprì la finestra, avvertì un brivido; la notte era fredda e umida, nonostante fosse estate inoltrata.
Si frugò nella tasca dei pantaloni e tirò fuori il pacchetto di sigarette insieme all'accendino.
Ne afferrò una con le labbra e la accese.

"Luisa, sappiamo tutti e due che non sarà una sigaretta a uccidermi, giusto?"

«Come ti senti?» lo chiedevano in tanti.

«Come ti sentivi quel giorno?» si rigirò quella domanda nella testa.

"Non mi ricordo come mi sentivo … e forse è così che ci si sente … non si accetta l'idea."
Aspirò una lunga boccata e si riempì la bocca di fumo, prima di risputarlo fuori.
La città era avvolta dalla foschia, le case erano sprangate e le uniche persone che si vedevano in giro erano ronde di soldati agitati e nervosi.
Regnava il silenzio e il tempo sembrava essersi fermato.
Michele osservava la brace della sigaretta farsi strada consumando la carta.

"Ha un colore la nebbia? E' un colore, quel bianco-grigio lattiginoso che avvolge le cose, le nasconde e le trasfigura, disegnando paesaggi strani con inimmaginabili variazioni di colori tutti grigi?

Coloro che hanno tentato di avventurarsi nell'ignoto, sono stati inghiottiti da quel nulla senza più farne ritorno."

Quarantaduenne, Michele era un soldato, diciassette anni di servizio, abbastanza per sapere di non essere al sicuro, contro quel mostro, solo perché portava una pistola.

Diciassette anni pesavano come mille secoli.

Michele si accarezzò la mascella coperta da un velo di barba ispida.

"Fa ridere che in un cimitero ci sia più vita che in una città." si disse.

Attraverso la finestra lasciata aperta la nebbia invase la stanza.

«Papà!» protestò il piccolo Filippo.

Michele spense il mozzicone sul davanzale e lo gettò dalla finestra, richiuse il serramento e si mise a sedere sul bordo del letto.

«Papà, devi mantenere la tua promessa», disse Filippo dopo essersi infilato il pigiama e lavato i denti.

«Quale promessa?»

«Mi avevi promesso una storia, ricordi? Una storia di pirati, con le spade, le lotte.»
A Michele arrivò l'immagine di una catasta di piatti sporchi all'interno del lavello.

«Forza, sotto le coperte! — disse carezzandogli la fronte — Una promessa è una promessa »
Si girò su se stesso, si sedette in quella stanza spoglia, nessuna foto appesa alle pareti.

"I ricordi svaniscono? — un attimo dopo si pentì di averlo pensato — NO! Non svaniscono neanche un po'."
Si voltò verso la finestra per nascondere le lacrime che gli rigavano il volto.

Sul comò c'era solo una vecchia sveglia.
Sulla sedia c'erano i pantaloni, i calzini e la camicia.
Su un tavolo il cestino per l'asilo.
Al fianco del letto stava un comodino e su di esso un bicchiere di latte e una piccola lampada.
Per terra c'era di tutto e bisognava fare attenzione a non inciampare, ma di libri nemmeno l'ombra.

Michele accese la lampada.

La lampadina era piuttosto debole e la luce che filtrava dal paralume lasciava la stanza immersa nella penombra.

Socchiuse gli occhi, era Luisa che raccontava le fiabe inventandosele di volta in volta.

Il tempo passava scandito dal ticchettio della sveglia, in un silenzio interrotto solo dal passaggio di qualche macchina.

«Papààààà!»

«Io non sono bravo come la mamma, quindi mi perdonerai sei ti annoierà, vero?»

«Io non conosco storie di cavalieri e dame, io non sono bravo come la mam …»

«Papà! Perché la mamma è via da così tanto tempo?»

Filippo ci pensava spesso e spesso, a quella sera e provava una gran tristezza.

"Non voglio – ripeteva piangendo – Non lasciarmi mai."

"Anche se me ne andrò io sarò sempre con te. Abbiamo tanto tempo da vivere insieme." gli aveva detto sua madre prima di vederla andare via.

"Era una bugia?"

«Non è via da tanto. Mamma è molto malata … deve stare in ospedale … quindi, mi perdonerai se ti annoierà, vero?»

«Stai tranquillo, papà, sono sicuro che sarà bellissima.»

«Non conosco molte storie, ma ne ricordo una che mi raccontava sempre tua nonna e che la tua bisnonna raccontò a lei … è la fiaba della Locomotiva. Ti andrebbe di ascoltarla?»

«Sì.»

«Ogni fiaba che si rispetti si presume debba iniziare con un bel C'era una volta, ma questa fiaba invece no, inizia con C'è ancora!»

«Vuoi dire che questa è una fiaba vera?»
«Sì! Sto per narrarti la più bella fiaba che tu abbia mai sentito … questa fiaba non la troverai mai in nessun libro.»

«Un drago chiamato Paura vive, addormentato come il fuoco sotto la cenere, in una voragine che fora il fianco roccioso di un'isola e sprofonda nelle oscure viscere della terra.»

«Dove si trova quest'isola?» domandò Filippo con le piccole mani aggrappate ai bordi della coperta tirati fino al mento.

«Per quanto ne so io, in un posto così vicino da rischiare di scoprire di esserci già.»

«Papà! Qui?» domandò Filippo.

«Qui», rispose Michele con un filo di voce.

«Il drago è una gigantesca e mostruosa creatura: ha gli occhi più neri della notte, grosse zampe con artigli più lunghi di un piede, ali da pipistrello di un'apertura di trenta piedi buoni e la coda ancora più lunga, squame e scaglie su tutto il corpo, orecchie e denti appuntiti, respiro infuocato **e** il potere di oscurare il sole e tenere prigioniere le acque e le piogge. Paura è feroce e sanguinario.

Un tempo il drago fu evocato da uomini dall'animo corr ... »

«Erano uomini cattivi?»

«Ci sono uomini buoni e cattivi? Spero tanto che tu sia dalla parte giusta, allora».

Filippo arrossì e balbettò una risposta: «B ... beh, s ... sì, certo.»

«Dove hai imparato a dividere le persone in due categorie? Te l'hanno insegnato a scuola?»

«Nooo, si sa che è così, lo sanno tutti che ci sono le persone buone e quelle cattive, no?»

«Allora questo vuol dire che gli uomini non sono tutti uguali. Voglio dire, fatti nello stesso modo, con gli stessi ingredienti. Forse il Signore ha usato materiali diversi? Il bene e il male fanno parte della terra.

Tra gli insegnamenti della vita c'è anche il saper distinguere tra il bene e il male e essendo forniti di libertà, possiamo scegliere.»

Filippo ascoltava con grande attenzione, lo osservava con la testa leggermente piegata su un lato, fronte aggrottata e occhi assottigliati, cercando di comprendere il significato di quelle parole.

«Erano Uomini adoratori di Satania, riuniti per richiedere favori e pot ... »

«Sa... Sa... Satania?» domandò Filippo con gli occhi sbarrati.

«Satania è un demone ossessionato dalla brama di potere e pieno di rancore verso l'universo intero.»

Filippo restò in silenzio, poi ripeté mormorando appena: «Che cos'è un demone?»

«I demoni sono spiriti senza corpo, assumono la forma delle nostre peggiori paure o della nostra più profonda tristezza, tormentandoci.

Furono creati da Dio ma da Dio si allontanarono.»

«Mi fa paura», si lamentò Filippo.

Michele sorrise rassicurandolo.

«Il drago attaccò l'isola con forza devastante. Piombò dal cielo senza un rumore, senza nessun avvertimento tranne l'avvolgente ombra nera della sua discesa. Ruggì e la terra tremò, spalancò le fauci e uscirono vortici di fuoco e dalle città cominciarono a salire colonne di fiamme e fumo nero…»

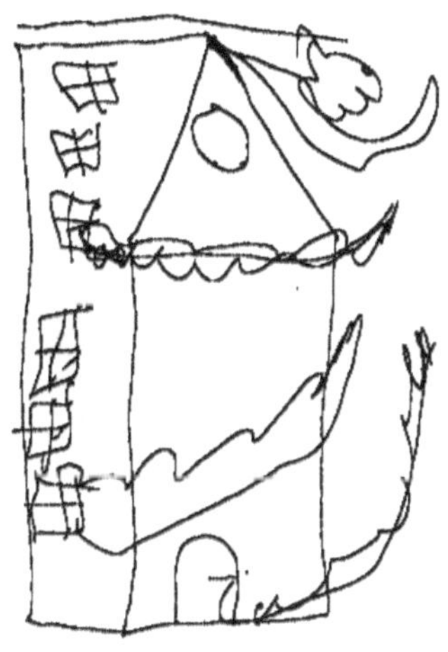

«E gli uomini?»

«Era il più terrificante predatore che l'uomo avesse mai visto. Scapparono ovunq … »

«Si arresero senza combattere?»

«L'esercito venne colto di sorpresa e impreparato.

Sui tetti di alcuni degli edifici più alti comparvero le sagome nere di bocche da fuoco rivolte al cielo e barricate si alzarono sui selciati delle città; strisce incrociate di nastro adesivo deturparono le vetrine dei negozi e le finestre dei palazzi.

Pochi altri imbracciarono i fucili, ma i più correvano come galline chiuse in un pollaio quando nel pollaio c'è una volpe affamata. La storia — continuò — racconta che il fato un giorno ci diede la guerra e il domani la vide finire e la furia del Drago non durò più a lungo della guerra. Poi Paura si arrampicò sul fianco roccioso dell'isola e da lì si fiondò all'interno del baratro, si addormentò attorcigliato su se stesso... dormiva e dalle narici si alzavano alte volute di spesso fumo grigio.»

«Papà la nebbia ... è ... », privo di respiro le parole gli morirono in gola.

«Sei un bambino molto intelligente — disse Michele — La nebbia altro non è che l'alito del drago che nasconde i colori sotto un fittissimo velo grigio.»

«Papà? Non è grigio chiaro il colore dei campi? Non è grigio scuro il colore del mare? Non è grigio intenso il colore del cielo?»

«No.»

«Papà, hai mai visto i colori?»

«No».

«Come può esistere un colore se non si è mai visto?»

«Prova a pensarci — disse — Un cieco non ha mai visto un fiore, ma i fiori esistono. I fiori sbocciano ma un cieco non ha mai visto dischiudersi una rosa ... la nonna della mamma, la bisnonna Adele, ha visto il mondo dei colori.»

Aveva la bocca asciutta e la gola secca.

«Ho sete», disse.

Filippo gli porse il bicchiere.

Michel ne bevve una lunga sorsata, lasciando che il latte gli rinfrescasse la gola. Poi restituì il bicchiere.

«Grazie», disse asciugandosi la bocca col dorso della mano.

«Era primavera inoltrata quando la stagione è ormai prossima a incontrare l'estate. Nonna Adele era poco più che una bambina.»

«Nonna, nonna ha visto Paura volare!» disse Filippo mettendosi a sedere sul letto e cingendosi con le braccia le gambe rannicchiate.

«No, da secoli non si vedeva più Paura razziare l'isola, le terre erano governate da uomini malvagi, usavano servi per portare dolore. Si muovevano con abilità, sinuosi e silenziosi come felini. Portavano addosso fucili e caricatori, si assomigliavano l'un l'altro: le espressioni truci erano rese ancora più spaventosi dagli occhi spiritati, con le iridi quasi rosse e le pupille dilatate sotto le ciglia nere. Nelle strade e nelle case, serpeggiava la paura.»

«Perché avevano paura? Sono solo uomini.»

«Esistono uomini che sono più mostri di Paura. Chi ha il potere — continuò Michele — deve sempre difenderlo e non si preoccupa di essere amato quanto soprattutto di essere temuto.

Affinché ciò accada, è necessario applicare il pugno di ferro fino alla crudeltà. L'istinto li porta a governare con la violenza, l'intimidazione e la paura.

Sostentano i sogni più sciocchi con fantasie a base di oro affinché ogni essere umano divenga un aspirante imperatore, e

mentre l'uomo si affanna da un affare all'altro, l'aria s'inquina, l'acqua imputridisce e tutto si deteriora sempre più in fretta.»
Michele si fermò per prendere fiato: «Ma — disse, arrotolandosi le maniche e battendosi le mani sulle gambe — C'è chi non si piega di fronte all'illegalità, chi ha il coraggio di lottare contro l'ingiustizia.»
«Papà — disse Filippo — Questa è davvero una bella storia.»

«Vivevano allora due uomini. Giovanni e Paolo, avevano pressoché la stessa età, cinquantatré anni Giovanni e cinquantadue Paolo, diversi per carattere, spavaldo il primo e introverso il secondo, ma identici nella perseveranza e nel sacrificio, più che amici erano fratelli.

L'amicizia è un tesoro che si conquista con il tempo, nasce dal rispetto reciproco, dalla fiducia e dall'affetto.

Essere fratelli non è solo avere la stessa madre e lo stesso padre, si può essere fratelli anche se si hanno gli stessi sogni, gli stessi valori[15].

Le vite di Giovanni e Paolo erano unite dal destino in un imperituro legame».

«Il de… des… stino… Papà?»

«Il destino è solo un filo intrecciato da una forza che trascende la volontà umana di modo che ne incroci molti altri.»

Filippo lo squadrò, alzando il sopracciglio nella sua solita espressione dubbiosa; Michele fece una pausa talmente breve che non fu possibile obiettare.

«Il destino è una forza invisibile che muove le persone ad agire in un certo modo: un po' come il vento, che non puoi vedere, ma riesci comunque a avvertirne l'impeto quando agita le foglie sugli alberi», e Filippo sorrise.

«Giovanni era basso di statura, tondetto, dall'aspetto fiero, nero d'occhi, barba e capelli. Paolo era invece alto e con un portamento eretto, i baffi grigiastri, il capello bianco e le sue maniere eleganti contribuivano a dare una dignità ancora maggiore alla sua figura Erano sposati. Paolo aveva tre figli: due ragazze e un maschio di diciannove, ventitré e venti anni.

Giovanni e Paolo erano cresciuti nello stesso vecchio e popolare quartiere della città, insieme ad altri compagni di gioco che da adulti, sedotti dal male, avrebbero poi seguito strade diverse e contrapposte. Si erano poi persi di vista, per ritrovarsi appena laureati nella stessa scuola ad insegnare e forse per

---

15 Salvatore Borsellino

questo si era creato un forte legame di amicizia e una profonda confidenza. Conoscevano tutti, e tutti li conoscevano, erano maestri elementari, severi ma giusti, amati e rispettati, ma c'era chi li considerava dei pazzi. Il male imperversava per le strade e tutti in fila, uno dopo l'altro, chinavano il capo con deferenza a ossequiare gli uomini di Satania. Ad affliggere l'uomo, poco alla volta come un veleno assunto con costanza e metodo, era la consapevolezza della violenza e della sofferenza con le quali era costretto a convivere.»

«Siamo forse un branco di conigli spauriti che accettano il loro destino come viene?" urlavano Giovanni e Paolo davanti a tanta umiliazione.»

«Un dire con la consapevolezza dei pericoli cui sarebbero andati incontro. — Miserabili e accattoni — li ingiuriavano — Avete dato dimostrazione d'insolenza! — e mentre lo dicevano avevano il viso rosso e gonfio di rabbia.

Li avrebbero: spiati, perseguitati, cercato di entrare dentro i loro corpi per consumarli e distruggerli.»

«E Giovanni? E Paolo? Loro non avevano paura?» domandò Filippo.

«Non erano eroi e bisognava essere dei folli per non aver timore, Giovanni e Paolo amavano la vita in modo assoluto e le tante piccole o grandi sorprese che questa riserva.

«E poi papà cosa accadde?» incalzò Filippo.
«Finché perdura la nebbia, la mala pianta della violenza fine a se stessa, dell'abitudine a calpestare i diritti dell'altro, dell'egoismo e della fiera ignoranza, non si estirpa.»

«Era una giornata calda, era forse un sabato, forse una domenica quando Giovanni e Paolo entrarono nelle macchine e si avviarono all'unisono. Una folla di curiosi si era raccolta a distanza di sicurezza. Le auto andavano veloci lungo la strada, verso la loro meta, dentro la nebbia fitta e bianca che occultava il mondo circostante.

Nel limbo del mal bianco e le auto una accanto all'altra, Giovanni e Paolo abbassarono i finestrini, protesero fuori le braccia e le distesero, le mani si aprirono e le dita si tesero, fino a sfiorarsi, fino a toccarsi, fino a intrecciarsi e divenire un binario tenuto insieme da una stretta inossidabile, dalla forza, dal coraggio.

Passò del tempo. Cinque secondi, dieci secondi, quindici secondi, venti secondi, venticinque secondi, trenta s … poi, inaspettatamente, un tonfo divampò e la terra sobbalzò, prima debolmente poi sempre più forte. Quelli che si trovavano nelle vicinanze si paralizzarono dalla paura e quando un fragore colossale attraversò la nebbia scapparono ovunque.

La gente si sparpagliò in cerca di riparo in preda al panico e proteggendosi le orecchie; si nascosero dietro le automobili e nei palazzi vicini.

Emma aveva cinque anni, sfuggì alla mano della mamma Laura, che trascinata dalla calca, la perse di vista.

Spinta bruscamente a terra, con il cuore che le batteva a mille Emma lanciò un urlo: "Mamma!, Mamma!".

La folla si muoveva in un'unica fiumana attanagliata dal terrore. Emma sentiva la madre che la chiamava da un punto imprecisato. Laura si fece largo a fatica, finché ritrovò la sua bambina e presa tra le braccia la sollevò.

"Ora comincia a correre più forte che puoi, non ti fermare mai", si disse ad alta voce.

Poi, improvvisa dalla nebbia si mostrò una gigantesca nera figura, l'apparizione di una Locomotiva e il fremito delle sue macchine lanciate a grande velocità.

"La cabina di guida è vuota! Alla guida della locomotiva non c'è nessuno!", urlò qualcuno.

Lo schiaffo del vento spostato dalla Locomotiva diradò la nebbia e con essa le ombre più dense, in un istante il mondo si colorò: era verde il colore dei prati, bianco il colore delle nuvole, azzurro il colore del cielo.

"Mamma", sussurrò Emma volgendo lo sguardo meravigliato tutto attorno.

Un altro minuto di corsa disperata e Laura si arrestò di colpo girando su se stessa, socchiuse le palpebre per difendersi dalla luce intensa del sole cercando di mettere a fuoco il mondo intorno a se.

Vide alzarsi la nebbia grigia e fitta dai campi e dalle strade, dalle case e dai giardini, dai volti di piccoli e grandi. La nebbia stava fuggendo rincorsa dai raggi del sole, riusciva a vedere il colore; della sabbia dorata, del mare blu con chiazze di verde intenso, in lontananza.

Anche i fiori nella terra arida sbocciarono al calore del sole.

La locomotiva non faceva più paura, altri uscirono dai loro nascondigli illuminati dalla luce del sole e con gli occhi all'insù ad ammirare l'arcobaleno.

Poi, dopo un boato terrificante, la terra cominciò a tremare sollevando una densa coltre di polvere, e la paura si diffuse nuovamente. Il panico divenne inarrestabile quando il terreno si gonfiò, si alzò in aria e ricadde giù in una montagna di detriti, rocce e cemento, e si aperse un baratro, uscirono prima grigie nubi di vapore e poi fuoco, e molti precipitarono nel buio abisso levando delle urla strazianti.

Il muso di Paura affiorò dal fumo, con rabbia, con ferocia, fauci spalancate e occhi famelici, si levò un ruggito che fece venire la pelle d'oca, un suono potente come un tuono che sembrava squarciare il cielo.

Laura afferrò la mano di Emma e cominciò a tirarla con tutte le sue forze e scappò via.

Il drago emerse rizzandosi in tutta la sua altezza, aprì le fauci e fiatò un potente getto di fuoco e ovunque portò: urla, dolore e lacrime.

Mentre la locomotiva continuava la sua corsa, la zampa artigliata del Drago si mosse per schiacciarla!

Le mani di Giovanni e Paolo si separarono, la locomotiva deragliò, si rovesciò avvolta da fiamme di un rosso intenso e si dissolse in intense luci multicolori e le auto di Giovanni e Paolo volarono in alto.

Paura furioso protese le zampe anteriori, lunghe quanto cinquanta uomini, al cielo. Ma più in alto del sole volarono Giovanni e Paolo che un Angelo li abbracciò e le loro anime sfuggirono agli artigli del Male…e Ora, Sono: cielo, e nuvola, e pioggia, e terra, e mare.

Pochi istanti dopo la nebbia tornò a esser fitta e a posarsi silenziosa e pesante.»

«E Emma?» chiese Filippo con un filo di voce.

«Laura copriva col proprio corpo quello della figlia, ma la bimba si divincolò, uscì dal cerchio delle sue braccia e scappò via dirigendosi verso il mostro.

Emma guardava Paura inorridita, poi raccolse da terra due grosse pietre e la lanciò con tutta la forza che aveva, lo colpì alla testa con la prima pietra, poi con la seconda.

Il drago si curvò, avvicinandosi la guardava con aria minacciosa.

Emma raccolse tutto il coraggio che aveva e urlò: «Va via!».

Laura la raggiunse e le si parò davanti.

Paura ringhiò forte, così forte da far tremare fin nelle ossa, e spalancò le fauci tanto che si poteva vedere il palato rosso e marrone della bocca. Laura tremava come una foglia al vento ma non si diede alla fuga.

Il drago piegò la testa di lato come a dire: «Perché non stai scappando?» e soffiò e una gonfia colonna di fiamme si rovesciò su Laura ed Emma. Quando le fiamme si spensero, stavano benissimo.

"Quando hai perso la tua forza? Non puoi bruciarmi!" urlò Laura.

Paura allungò le zampe per afferrarla con i dieci artigli che pendevano come dieci lunghe spade sulla sua testa, ma gli arrivarono colpi in testa e sul collo da tutte le parti.

Laura ed Emma avevano infuso mille speranze e coraggio e altri le imitarono, una pietra, due pietre, molte pietre, e si vide Paura fuggire sulla montagna e tutti si misero a urlare, cantare e ballare e anche la nebbia faceva meno paura di prima.»

«Perché papà?» chiese Filippo.

«La locomotiva aveva insegnato agli uomini che la sola cosa necessaria affinché il male trionfi è che gli uomini … BUONI — e Filippo sorrise — non facciano nulla».

«Papà?»

«Ora è tardi devi dorm … ».

«No, papà ti prego! Raccontami ancora, da capo!» disse Filippo sorridendo e allungando le braccia verso il padre.

Michele lo tenne per qualche minuto stretto a se poi volse lo sguardo al comodino e fissò la vecchia sveglia. Si stava facendo veramente tardi. Doveva riprendere servizio.

«Adesso contiamo fino a dieci e poi farai un bellissimo sogno magico.»

«Va bene, papà.»

«U … no, du … e, tr … e, quat … tro, cin … que, se … »

«Si è addormentato» disse Luisa

Michele si voltò, trovando Luisa sulla soglia della stanza.

«Da quanto tempo sei lì?»

Luisa alzò le spalle: «Da un po'.»

Michele uscì dalla stanza chiudendo lentamente la porta dietro di sé.

«Pensi che sia troppo picc…»

«No!» gli rispose decisa.

Michele la strinse a sé cingendo un'ombra, e si domandò se non fosse troppo grande per credere ai fantasmi, ma aveva letto da qualche parte che i fantasmi sono doni preziosi che ci riportano al mondo da cui siamo stati scaraventati fuori[16].

---

16 Nick Cave.

Dall'attaccapanni nel corridoio d'ingresso, Michele recuperò la fondina a spalla e la giacca, raccolse il distintivo sul tavolino vicino alla porta e dal cassetto afferrò la pistola e due caricatori, uno lo inserì e l'altro lo infilò in tasca, inserì la sicura e poi fece scivolare l'arma nella fondina.

Fuori si vedevano a malapena i palazzi di fronte e i lampeggianti blu delle auto per quanta nebbia c'era.

Filippo si alzò, si avvicinò alla finestra e accostò il viso al vetro.

Ebbe un sussulto quando una mano si poggiò sulla sua spalla.

«Mamma! Mamma!» ripeté con fioca voce rotta dal pianto.

Filippo rimase a fissare l'immagine riflessa sul vetro.

Luisa guardava Filippo, i suoi occhi castano chiaro, e Filippo smise di tremare mentre le lacrime traboccavano abbondanti dai suoi occhi. Piangeva perché sapeva che se si fosse voltato, sarebbe svanita.

«Mamma, Mamma — disse — guarda... la stella del mattino».

«Esprimi un desiderio a quella stella, piccolo mio, esprimilo ma non dimenticare che quella stella può aiutarti solo a fare un pezzo di strada; tu dovrai darle una mano impegnandoti sempre e lavorando, allora sì che potrai avere davvero quello che desideri.»

RINGRAZIAMENTI

A Laura per essere Compagna della Mia Vita,

alla piccola Emma per aver realizzato a sua insaputa le illustrazioni che accompagnano la fiaba,

alla piccola Mariasole per le sue simpatiche, continue e rumorose scorribande durante la stesura del testo,

a Barbara e Marcella, perché hanno sempre creduto in me.

a Massimiliano e Patrizio per tutta la stima e le attenzioni.

a Salvatore Borsellino,

a Bruce Springsteen, Cristiano Godano, Eddie Wedder, Johnny Cash & June Carter, Leonard Cohen, Mauro Corona, Nick Cave, da loro ho imparato cosa è la poetica.

Youcanprint
Finito di stampare nel mese di luglio 2019